LAURA MANCINI

La bague au doigt

F1RST
ÉDITIONS

ISBN : 9782412069769
Dépôt légal : septembre 2021
Imprimé en France par SEPEC - 07781210804

Mise en page : Claude Combacau

Éditions First, un département d'Édi8
92, avenue de France
75 013 Paris – France
Tél. : 01 44 16 09 00
Fax : 01 44 16 09 01
E-mail : firstinfo@efirst.com
Site Internet : www.editionsfirst.fr

IMPRIM'VERT®

Présentation

Moi!
Cheup, la vraie star de ce livre.
Sistah, espère échapper au bouquet.
Bestah, donnera tout sur la piste.
Grumly, ~~votre~~ son chat.

Moi la subtile

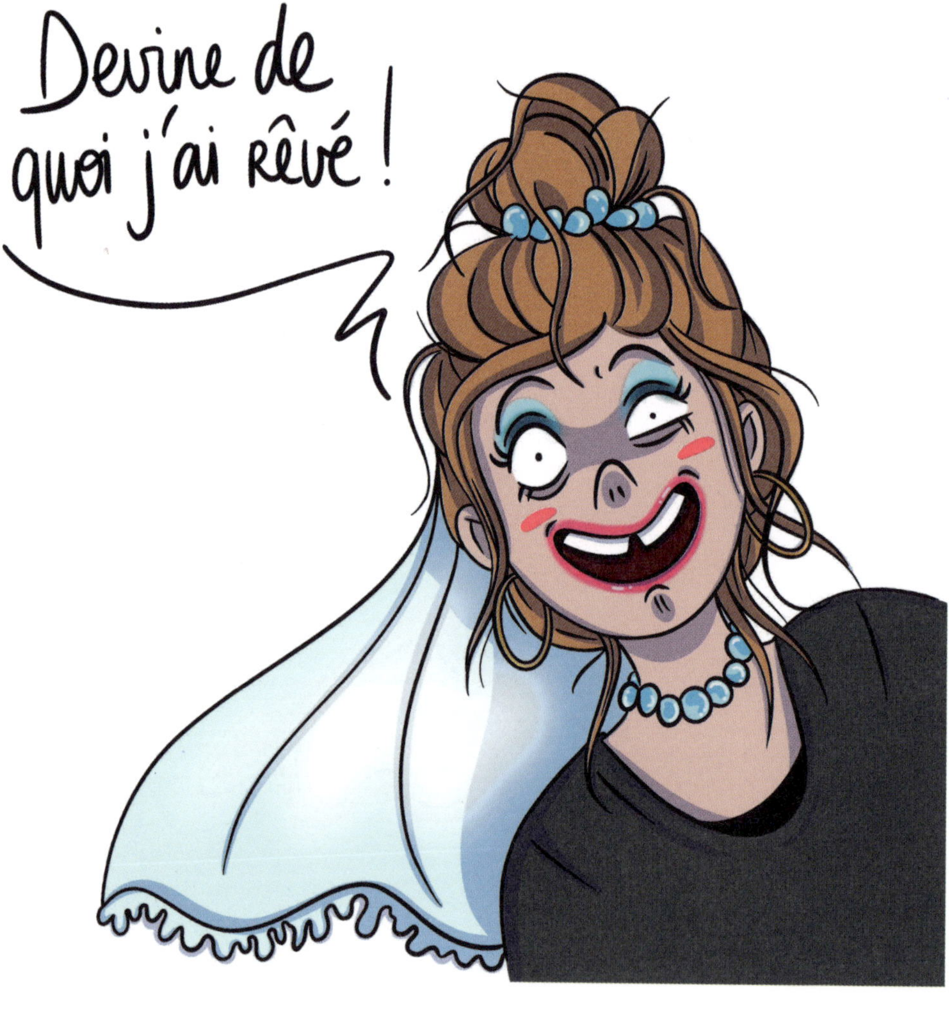
Devine de quoi j'ai rêvé !

Légère addiction

Laura, un petit chocolat ?
Oh ! Oui, pourquoi pas !
Dis-moi, il t'en resterait pas un ?
Un petit dernier !
Donne-moi tes chocolats !

Quand ma pote me raconte son rencard...
Alors, vous vous êtes embrassés ?

Au centre de l'attention

Hey les filles ! On se fait un selfie ?
Ouiii !
Elle est super ! Direction les réseaux !

Morning routine

C'est mon PooOOtit !!!...
Il est mimi !
Il aime bien les bisous !

Plaisir simple

Des fois, j'ai pas le moral...
Alors, j'enlève mes bagues...
Et puis, je vois que j'ai bronzé.
Hé ! Hé ! Hé !

Anniversaire de moi

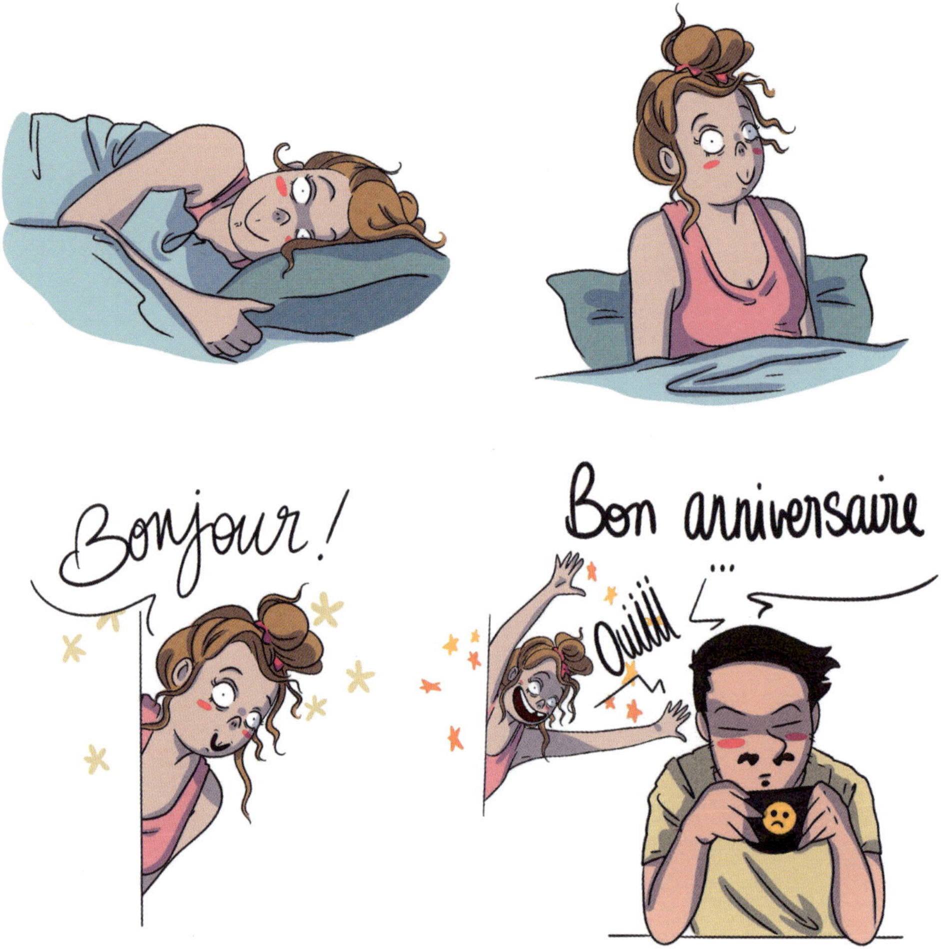
Bonjour !
Bon anniversaire
Ouiiii
...

Oreille sélective

Moi quand on me dit qu'on n'a pas besoin de se marier pour s'aimer.

la! la! la!
J'entends rien

Cocooning

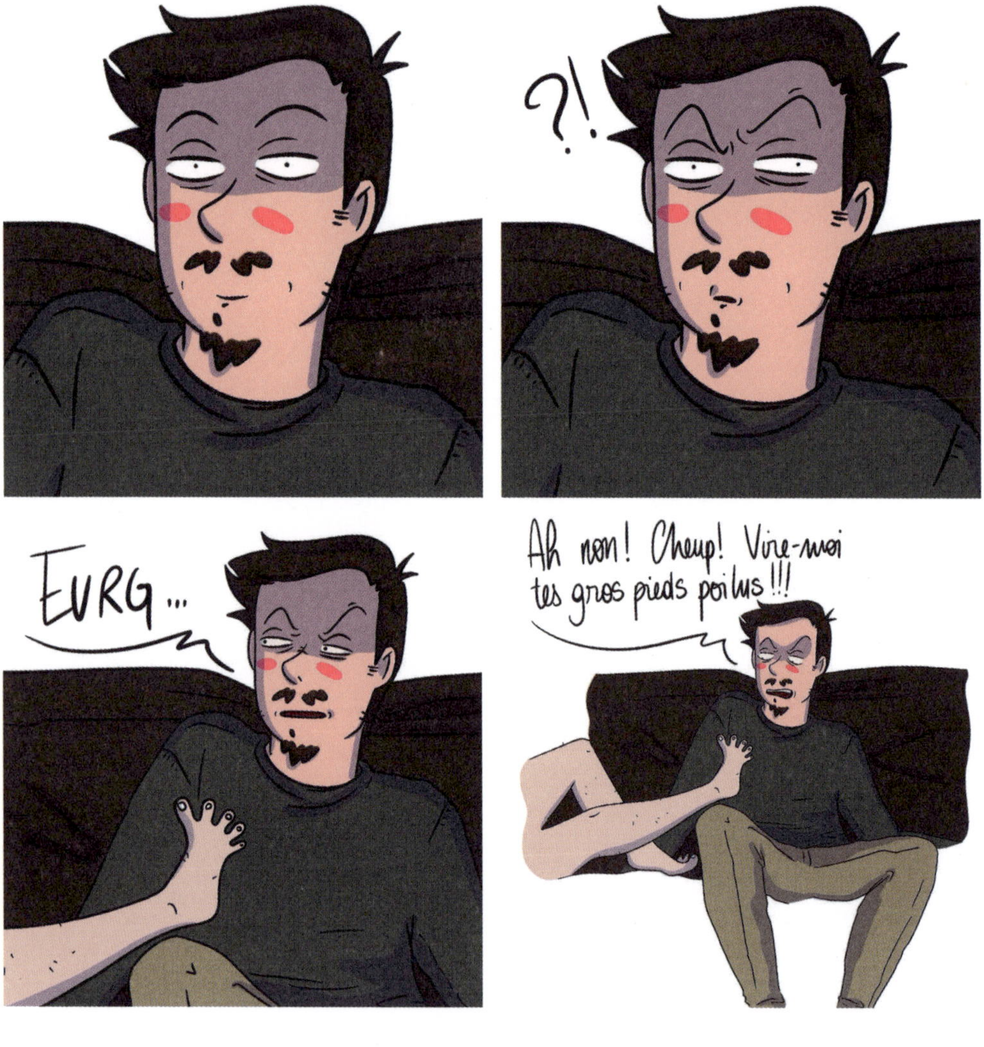
?!
EURG...
Ah non! Cheup! Vire-moi tes gros pieds poilus!!!

Je t'aime

Jalousie sélective

Mon type de jalousie...
Comment ça, mon mec est moche ?!
Mais j'espère bien que tu le trouves moche !

Lendemain de soirée difficile

En cours, sans problème après une grosse soirée étudiante.
PRÉSENTE !
LAURA 18 ANS
Best friend des lendemains compliqués !
COLA

Week-end difficile ?
M'en parle pas, j'ai fait un apéro dinatoire vendredi soir. Je suis É.CLA.TÉE...
LAURA 27 ANS
Best Friend des matins compliqués !

sens de la repartie

T'es chiante! Y a jamais rien qui va, avec toi!
Pendant ce temps dans ma tête...
Dis-lui quand il a pas jeté le rouleau de P.Q. la dernière fois!
CACA!

Film romantique

Oh oui... Marions-nous !

Wesh... t'es sérieuse là, Jennifer ?!
Tu le connais depuis 3 jours !!!

Heure réelle

...
À cette soirée qui ne fait que commencer !!!
Hii!
Heure réelle
22:00
...
Hi! Hi!
Heure ressentie
03:00
du mat'.
Hi! Hi!

Il y a jalousie et jalousie

Il y a 6 ans lors de notre rencontre...
Ouais, non mais tu sais, la jalousie, y a pas pire ! La base d'un couple c'est la CON.FIAN.CE !
Salut ! Tu viens d'où ? Ça va pas ?... T'as l'air tendu ?
Comment je vais la D*FONCER !!!

Playlist pour tout donner

1 heure avant
Oh non, je suis pas hyper chaude pour un karaoké...

Qu'on me donne l'enviiie!
L'envie d'avoir enviiie
qu'on rallume ma
Viiiie !!!

C'est pas faute d'essayer

Cheup ?! Tu dessines quoi ?
Snif...
Snif...
Le faire-part pour le mariage d'Audrey !
Ça ne te donne pas des idées ?!

Mono-poli

On se fait un petit MONOPOLY ?
OK ! Je vais prévenir les voisins !

Nique ta mère Sistah !
VOS gueules !
Toi, nique ta mère !

suis-je prête ?

MAMAAAN, est-ce que Tata peut me maquiller ?!
OK mais juste un peu !
T'as vu ? On a fait un peu !

Croiser un ex

Salut, ça fait longtemps !
Tu vas bien ?
J'ai vu que tu construis avec ton mec... Cool !
Et ton taff ?
Ah oui... Eh bien oui... Haha... Oui...

Tu as vu un peu, comme je l'ai éclaboussé par ma réussite et mon assurance ?...
Hum...

Quand on me demande si j'ai la pression
Moi, la pression, je la subis pas ! Je la bois. OK ?!
#grossebeauf

Tellement pas prête

Qui veut le prendre dans ses bras ?
Oui, viens voir TATA !
Oh ouiiiii !
...
Vite...
Fuyons

Allez, c'est reparti

7h15, je suis carrément en avance ! OK, aujourd'hui, je teste le rouge à lèvres...
Bon, c'est raté... Mais ça va, je suis large... Je recommence.
...
Encore raté ! On dirait une folle ! 7h20... Ok, je refais ! À 25, je décolle.

CON. CEN. TRE. toi !

Crotte de m**rde
Je suis à la bourre !

Bonjour... Désolée pour mon retard...

Petit cadeau

Tiens, mi Cheup ! Le petit cadeau pour nos 7 ans d'amour !
Mais Cheup, on avait dit qu'on se ferait juste un resto ...

OK ! Alors, tu es en train de me dire que je n'aurai pas de petit CADEAU !

Toujours pas prête

Ah non ! Pas de chocolat pour les bébés !
Ah bon, pourquoi ? Ça peut les rendre aveugles ?! Un peu comme les chiens ?...
Gné...

Tentative n° 2403

Suggestion hypnotique pendant le sommeil.

Veux-tu m'épouser ?
Veux-tu m'épouser ?
Veux-tu m'épouser ?

This is Halloween

Cheup, t'es prête ?!
Pas encore ! J'ai besoin d'aide !
Cheup ?! Tu peux m'aider à attacher le voile ?
MAMAN !
Cheup ! On est d'accord, tu pars parce que je suis trop bien maquillée ???

Totalement pas prête

Tataaaa ! Je fais ma lettre au Père Noël !!! Tu peux me ramener le stylo rose à paillettes qui est dans ma chambre ?
Pourquoi, t'as le cul collé ?!
Urgh...
Je vais le dire à maman !

Nuit paisible

Genre, tu connais pas cette appli ? Ça te permet d'enregistrer tes nuits. Bon... je te préviens tu vas voir... Cheup ronfle SUUUPER fort !!!
RON PCHI... ROON...
Ah oui...
CLIC !
... Gnnn... ... gnnn...
Oh ?!
PROUT !
...

Quand je me laisse un peu trop porter par la musique...

Il faut qu'on m'aide...
All by my self...

Ma liste au Père Noël

I just want you for my own
More than you could ever know...
Make my wish come trooUU...
All I want for Christmas is YooUU...

Moi la madame

Laura, je vous présente votre stagiaire !
Salut, ça va ?
Bonjour, madame !
Ma... quoi ?
Vous voulez un café, M.A.D.A.M.E ?
Argh... Il m'a appelée MADAME... et 2 fois en plus...
Estime-toi heureuse, au moins, il t'a pas appelée MONSIEUR !

Devant la télé

Quand on regarde un film...

Et que les deux héros se marient...
Hi...
Hi...
Hi...
...

Mode labrador activé

Tous les ans, c'est pareil ! J'en ai marre... je me retrouve toujours à faire les cadeaux seule ! Vous me prenez pour un lutin !
Et voilà... elle entre en révolution...
T'inquiète, je gère. Elle me fait le coup à chaque fois...

Mais ouiii, mais tu es tellement forte pour ça ! Toi seule sais exactement nous faire plaisir... C'est un don !
Ha... Ha... Oui, c'est vrai...
Hi.. Hi.. Hi...
Mode labrador
ACTIVÉ
Respect.
Hi
Hi

soirée healthy

Les Filles, on va au Macdo. Vous voulez un truc ?!
Prends moi un menu bigmac en maxi bestof, avec frite et coca, un petit wrap poulet...
Je veux une boîte de 20 nuggets avec un petit cheese, et des frites avec un mac flurry daim-caramel...
Moi un menu maxi royal cheese, des potatoes 6 nuggets, curry...

Avec un coca zéro !

Épouse-moi si t'es cap !

Gros cadeau

À ton tour, mi Cheup
voici ton cadeau...
Oh oui ! À moi le petit paquet,
pas plus grand qu'une main...
Le tout petit petit cadeau !
MA B.A.G.U.E. !!!
Oui...
Oui...
Beaucoup trop grand
40 cm
15 cm
...
Merci...

Cauchemar

J'ai fait un rêve HORRIBLE. J'accouchais d'un bonhomme patate.
Ah oui... On a vraiment pas les mêmes problèmes...

Moi l'innocente

Tu te souviens de la lettre d'amour que t'avais reçue en CM2 ?
Oui, pourquoi?
Bah… c'est moi qui l'avais écrite…
…
KiSS ME, SiSTAH!
YEURK
…

Bestah power

Et pour vous ce sera ?
Attends !
Heu...
Laisse-moi dire !
- Boite de 9 nuggets
- Sauce chinoise
- Grande frite
- Coca zéro
...
et ...
CONCENTRATION
Et ?
...
Et ...
Me dis pas !
Me dis pas !
...
CONCENTRATION

Un petit cheese !
Toi, t'es ma championne !
BestAAH Power !

On perd pas le nord

Tu m'énerves tellement que même si tu me demandais de t'épouser... Je dirais... NON !
Essaye quand même pour voir...

C'est pour ce soir

Regarde ! Ça y est ! C'est pour ce soir !
"Lion, préparez-vous, dans la soirée une question tant attendue pourrait venir bouleverser votre A.V.E.N.I.R.!!!"
Mais carrément !
Surtout, mi Cheup... Si tu as quelque chose à me demander... N'hésite pas...
Hé... Hé... Maintenant que tu le dis...
Pour ce soir... Ça te dit CASSOULET ?
PROUT.

Journée internationale de la flemme

Et donc, tu as prévu de ne Rien faire de ta journée ?
Bah... en fait, je pensais faire des crêpes... Mais j'avais pas de lait. Et puis j'avais la flemme... Et la flemme, ça remplace pas le lait...

C'est pas faute d'essayer

Tentative n°3602

Se faire tous les fonds de bouteille.

Qui termine la bouteille ? Marié ou perdu dans l'année ! Hahaha !
Vas-y, fais péter ! Je suis à sec !
POF !

Objectif Lune

Mes ambitions concernant ma tenue de nouvel an !

Nouvelle année

Bonne année ma grande !
Alors, qu'est-ce qu'on peut te souhaiter pour cette année ?
La santé ? L'argent ? Un bébé ?
UN MARIAGE !

Je ne crois pas, non
Plus tard, je me marierai avec tonton !
Ah bah oui !
PAAARDON ?!

Quand il me fait sa plus belle déclaration.

Tu sais, Cheup... Je suis pas avec toi pour ton physique...

Tuto coiffure pour un dimanche pluvieux

Ouais, sistah... Tu sais, hier soir, je suis tombée sur une vidéo YouTube...
où une fille se coupait les fourches...
Hum... OK... Et ?
Bah... j'ai enchaîné sur une autre vidéo... Puis une autre... Et pour finir une sur la frange...
Oui, bon... OK ! Et ?!
Bah... j'ai merdé !

Prête à marier

Et voilà !
Super! Elle est vraiment prête à marier!

Snif...

Crache le morceau

Une petite part de galette, mi Cheup?
Oui, pourquoi pas!
...
CROC...
Euh...

Vas-y! Montre-moi la fève!
GLUP!
CRACHE!

Moi Gollum

Ce à quoi je vais ressembler à force d'attendre...

Mon Précieux

C'est pas faute d'essayer

Tentative n°4004
Mot compte triple !
M.A.R.I.A.G.E.

vamp effect

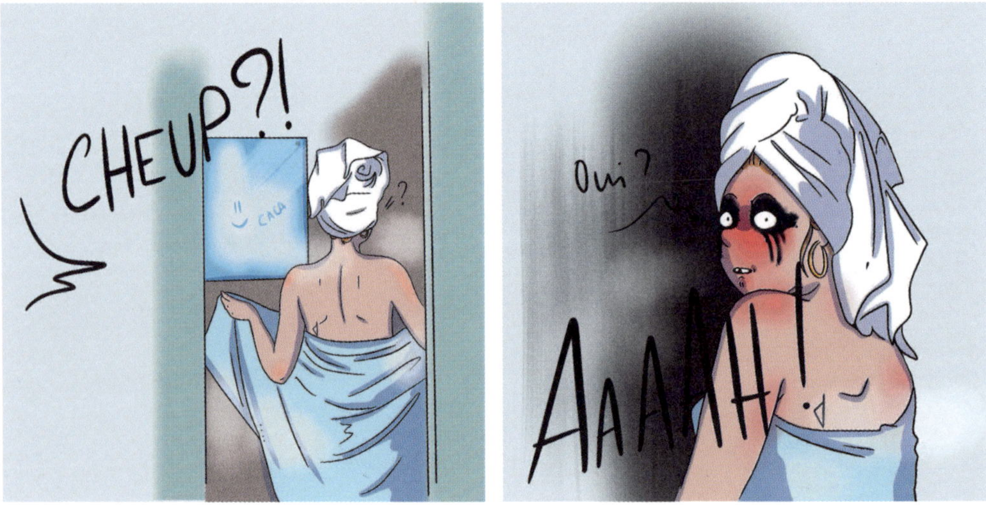
CHEUP?!
CACA
?
Oui ?
AAAAH!

Ce putain de quart d'heure de discussion sur les enfants quand tu sors avec tes copines mamans !

Ça fait 3 nuits qu'Émile refuse de dormir, il fait ses dents, j'en peux plus...
M'en parle
Elsa
AAAAAA

Dans tes rêves

On se rejoint dans nos rêves... Bonne nuit, mi Cheup ♡

Ah... Parce qu'en plus de se voir la journée, il faut qu'on se voit dans nos rêves ?

Moi la Rome Antique

Cheup... on avait dit costume de couple... Explique-moi depuis quand Cléopâtre se fait un P*TA*N de Power Rangers!
Du calme, citoyenne!

Sous-entendu

T'y tiens vraiment à la St Valentin ? C'est tellement commercial...
C'EST. TOI. QUI. VOIS. TU. FAIS. COMME. TU. VEUX.

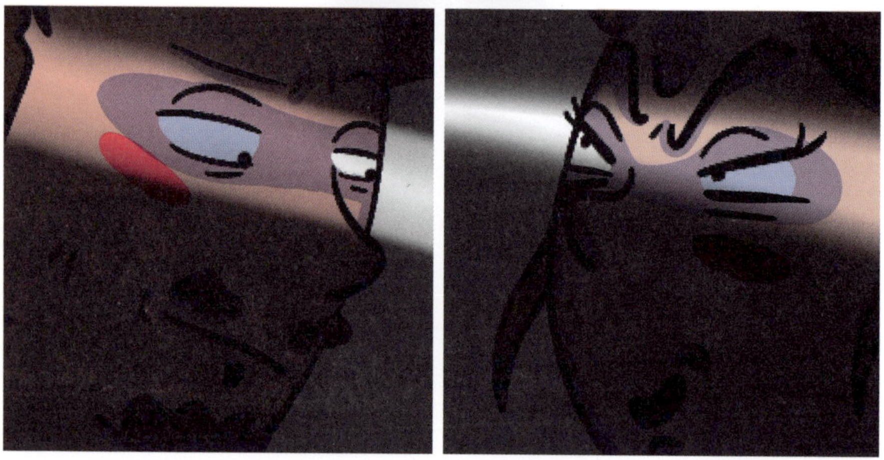

Je savais qu'on était d'accord!
Ha! Ha!
TCHTING

GNIIIIII!!

Team Edward

Ce soir, soirée filles !
On regarde Twilight ?
Oh non, ça va on a plus 15 ans...

20 min plus Tard...
TEAM EDWARD
T.G. T'as vu sa tronche de bidet !
TEAM JACOB !

Jouons à un jeu

Chewp, on joue au jeu… "Épouse, Embrasse ou Tue…"
Alors, tu dois choisir entre Maïté… La sorcière dans Blanche-Neige… et moi !
Alors… je tue la sorcière… j'embrasse… euh…
… Eh bien… toi ! Et j'épouse Maïté, parce qu'elle, elle sait cuisiner !
…

Journée internationale du chat

Ça, c'est mon petit chat, il a une vraie personnalité… Presque comme un humain !
Ah oui …
Une personnalité de gros bâtard, oui !
CACA
litière
Grumly le gros bâtard

C'est pas faute d'essayer

Tentative n° 4821

La confrontation.

Maiiis attends !!!
Je voulais juste te montrer les jolies bagues !

Petit petit

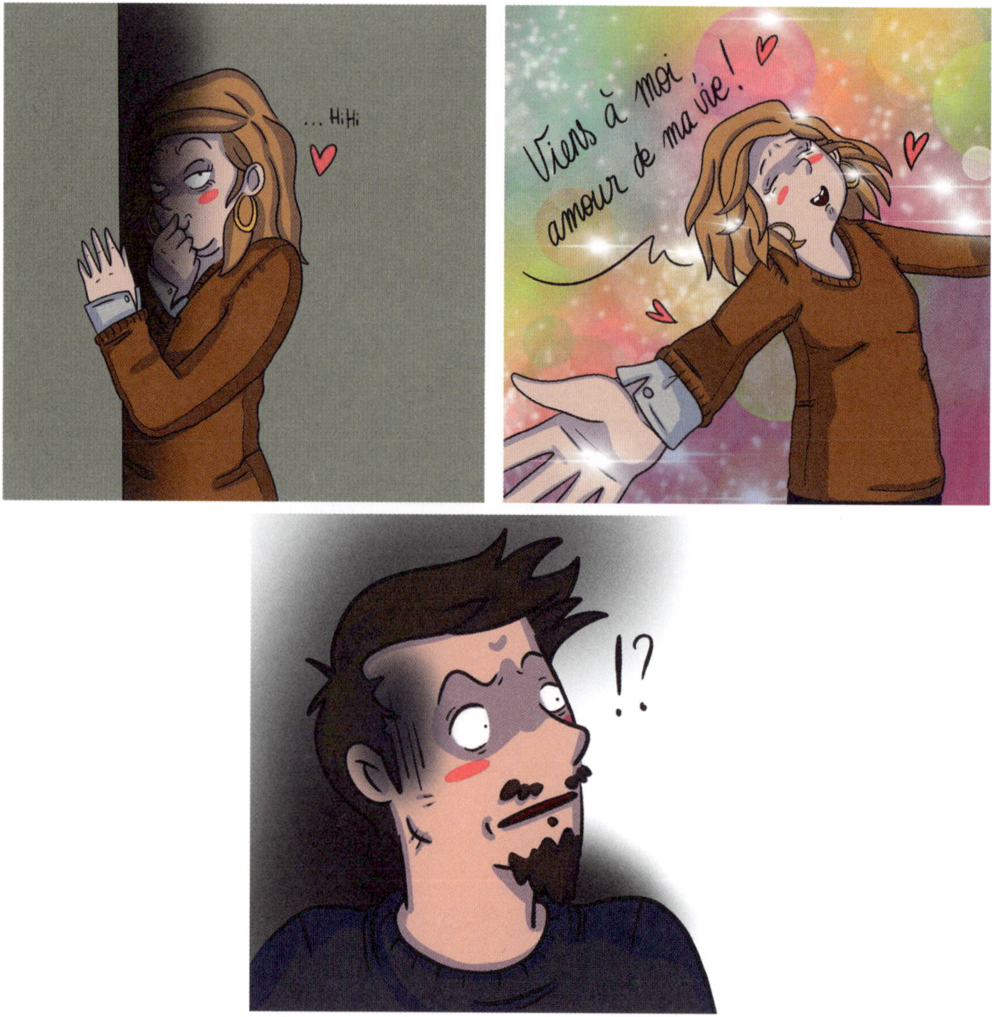
... HiHi
Viens à moi, amour de ma vie !
!?

APOOOTIT...
?!

Un pot a son couvercle

Les mecs, c'est tous des trous du cul... Pour moi, l'amour, c'est fini !
Mais non, ne dis pas ça...
Snif..
Snif..
Snif...
Snif..
Snif..
Snif..

Le tout, c'est de trouver le trou du cul qui nous convient !
...
HiHiHi...

Moi la manipulatrice

Quand je lui demande de vider la litière du chat...

Boxer Braids
Italian look
Turban ethnique
Wet look

Mais va te laver les cheveux m**de !
NoooN ! Je fais une cure de SÉBUM !

À deux doigts

T'as vu le nombre de personnes obligées d'annuler leur mariage avec le confinement ?
Rah... oui, les pauvres...
Tu vois, heureusement que je l'ai pas fait ! Pourtant, j'étais à deux doigts !
DOMMAAAGE !
Ha!
Ha!
Ha!
Ha!
"
"

C'est quand le déconfinement ?

Maman...
La dame là-bas à la fenêtre, elle me fait peur...
Où ça ?
Montre-moi...
En haut, là...
tu la vois ?
HeHo...
Y a quelqu'un ?

Trier pour un nouveau départ

Cheup, tu as compris ?!
Profiter du déménagement pour trier ce qui ne sert pas.
On jette !
Salon

OK ! Alors je jette tes affaires de sport !
Salon

C'est pas faute d'essayer

Oh ! Une étoile filante ! Viiite, fais un vœu.
Laisse tomber celui-là... souhaite une pizza, tu seras moins déçue...
Ha...

Dispute d'avant-soirée

Se disputer 10 min avant de Recevoir tes amis.
**@!
*@
Ce qu'il faut faire...
Hello!
Ce que l'on fait!
TA M*Re!
Nos potes sont là DUC*N!

Moi l'astrologue

Je t'avais dit de ne pas
sortir avec un cancer !
Vous n'étiez pas
COM-PA-TIBLES !!!

Charge mentale

BO**EL !
Je fais une crise de panique...
Il faut que je fasse une LISTE !
AAAH ! Ça va mieux !
Maintenant... NETFLIX
...

Voyage de noces

C'est beau, le Japon...
Je suis sur un site là...
Ça donne envie !
Ah oui ?!...
On pourrait y aller en voyage de noces !...
Si... tu... veux...
Hé..
Hé..
Hé..
...
...
Hé..
Hé..
Hé..

Hé...
Hé...
Hé...
Hé...
Hé...
Hé...
Mouahahah !

Plaisir d'offrir, joie de recevoir

Nous, on adoOore venir chez vous en week-end !
C'est qu'on sait recevoir !
Ha! Ha!
Ha!
Ambiance ga.ran.tie !
Hé! Hé!
Ah! Non, non... C'est que vous vous disputez tellement que, lorsqu'on part, on s'aime encore PLUS!
...
Hé... Hé...

Ton invitation

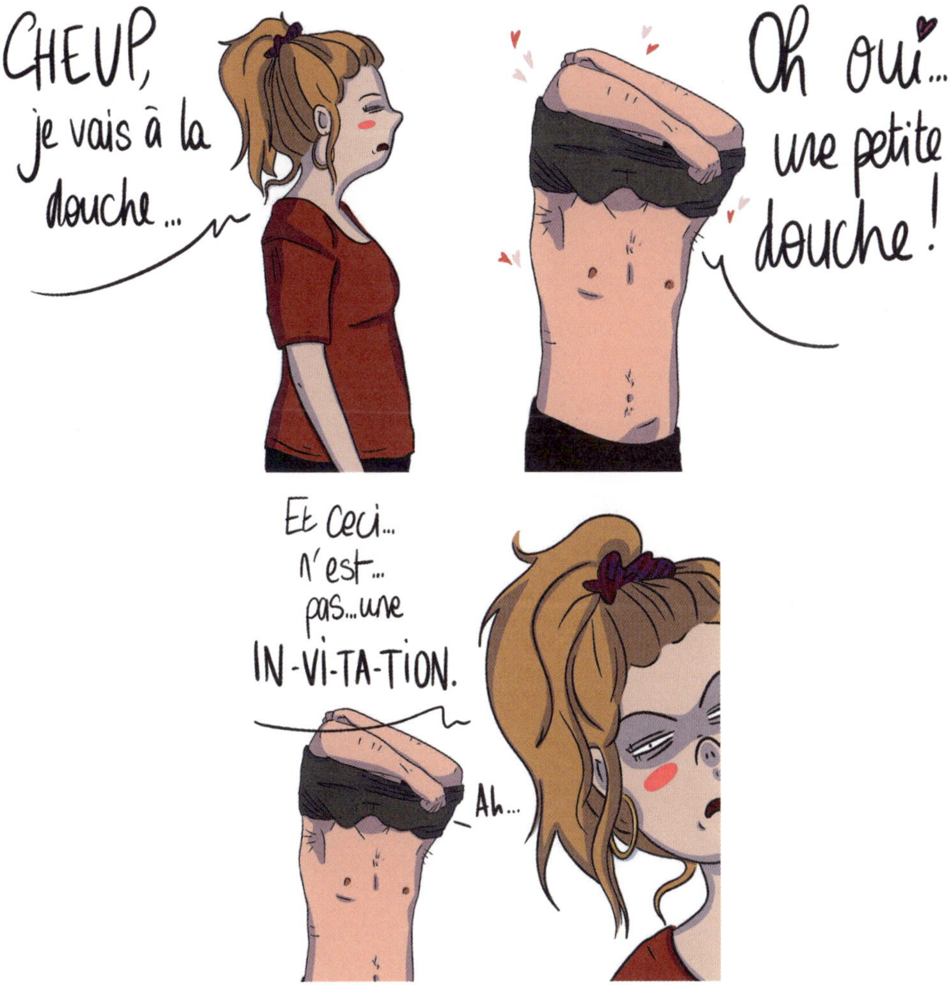
CHEUP, je vais à la douche...
Oh oui... une petite douche !
Et ceci... n'est... pas... une IN-VI-TA-TION.
Ah...

Moi la femme fatale

cupidon

Salut, ça va ?
Bien, merci et toi ?
Quand tu présentes 2 potes célibataires.
(# passioncupidon)
Roh... Ta gu**le !
Hi...
Hi...
Hi...
Et zé partiii !

Comment ça, laide ?!
Sais-tu au moins pour QUIIÏ je fais TOUUT ÇAAA ?!!!...

Plan pour cet été

Les filles, c'est pour cette année, c'est sûr ! On part en Corse, que tous les deux, c'est mes 28 ans... les étoiles sont alignées ! Il va me demander !
Hi
Hi
Hi
Hi
On y a déjà eu droit l'année passée...
Et l'année encore avant aussi...
Hi!
Hi! Hi!
Hi!
Ça ne sera pas non plus celle-là...

Dire tout haut

Oh non ! J'ai une poussière dans l'oeil...
Eh bien, heureusement que tu ne t'es pas retournée, sinon tu l'aurais prise dans le cul.
J'ai dis ça à haute voix ?....

Saison des mariages ouverte.
Prépare-toi, mi Cheup...
Le bouquet est pour moi !
Hi
Hi
Hi

Les coulisses

Et sinon, tu mets combien de temps à faire un dessin ?
Boh... entre 5 et 6 heures, je dirais ...

Le soir même...
On écrit Maison ou Méson ?
Ouais, Sistah ? On écrit maison ou méson ? Maison ? Sûre ?
2 h plus tard...
OK, sur Google, ça dit quoi ?
...
3 h plus tard...
OK... j'écris MÉSON !!!

J'suis pas bourrée

Laura... ?
Ça va ? Tu fais peur...
Hé...
Hé...
Hé...
En plein monologue intérieur, pour me persuader que je ne suis pas encore saoule...

Moi la jalouse

Regarde les jolies fleurs que CoinCoin m'a offertes...
Ah oui...
Et pourquoi on n'a pas de fleurs, nous ?!
Ma Jalousie

super pouvoir

Tu vois, la dernière fois, j'ai senti une présence... mais entre nous, c'est pas la première fois, je dois avoir une sorte... de pouvoir! T'as pas ça, toi ?...
Slurppp
Hum....
Peut-être est-elle prête à connaître la vérité... MA vérité...
?
Slurppp
...
Spwittt !
Dolphin Girl ♡

Graouuuu

Mi Cheup !
Je suis rentrée !
Hum... T'es belle, Cheup !
Un petit bisou...
Grrr...
Attends, je vais me mettre à l'aise...
Bon... Bon...
Où en étions-nous...

Tentative avortée

Vas-y Laura ! Fais un voeu !
Souffle !
un voeu !
un voeu !
un voeu !
Un voeu ?
...
AAAA*
PFOU

Yes!
NON

Passion démarchages téléphoniques !

Ouiii c'est bien moi, Mme D. ! Oui, vous voulez parler à mon époux, M. D. ?! Oui, oui, nous sommes mariés !
HA! HA! HA!
Mme MYTHO!

Mollo sur le saucisson

Et voilà ! Maintenant elle pleure ! Entre nous, tu l'as bien cherché...
Maiiiis je ne peux pas aller bosser comme ça !
Et bien, fallait y aller mollo sur le saucisson, ma gueule !

sauvage
Cheup, des fois, j'aimerais que tu sois plus passionné
...

Que tu m'attrapes par le bras !...
Que tu me plaques contre un mur ! ...
Regarde, Potit... mamou est folle... elle veut faire du catch avec papou...
Vas-y, on la vire de chez nous...

Petite attention

Pourquoi j'ai jamais de petites attentions, moi ?... Bouquets... massages... lettres...
Je t'ai fait à manger !!! T'es vraiment JAMAIS contente !
Viens là que je te les carre dans l'oignon, tes attention … m**de !

Toudoum

Bon week-end mi Cheup !
A' lundiiii !!!
Ah bon... Elle part où ce week-end ?...
Nulle part... Elle commence juste une nouvelle série...
TOU-DOM...

Chipo spirituelle

CHEUP! on mange quoi ?!
Mais j'en sais rien, moi!!! Tu vois pas que je MÉDITE! T'as qu'à décongeler des chipos!

ASMR

Slurp...
Hum...
Slurp...
Hum...
Slurp...
Hum...
Slurp...
Slurp...
Hum...
Slurp...
Hum...
Slurp...
Excuse-me...
Mais, il me semble que si j'avais voulu écouter de l'A.S.M.R., je serais allée sur YOUTUBE !!!

Fin de série

Quand je viens de terminer une série...
Snif
Snif
Je me sens tellement seule...
Snif
Roooh mais commence une nouvelle série !
Snif
Snif
Maiiis je peux pas leur faire ça !!!
C'est beaucoup trop tôt !

Déclaration fromagère

Bonjour mon Amour, chaque jour je t'aime davantage, aujourd'hui plus qu'hier, et bien moins que demain...
Toi, t'as mangé du fromage...
NON !
Menteuse...

Photogénique

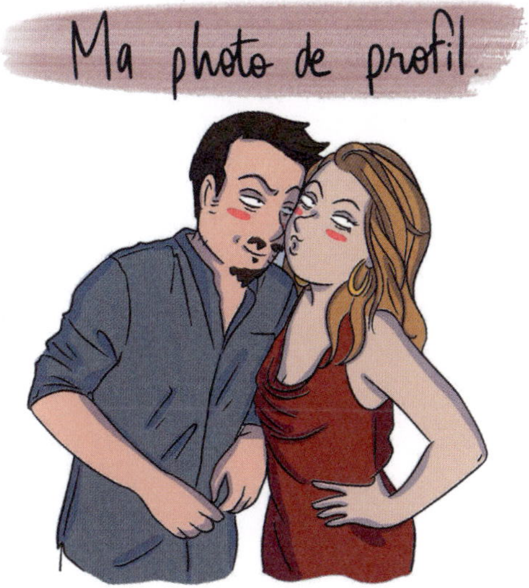
Ma photo de profil.

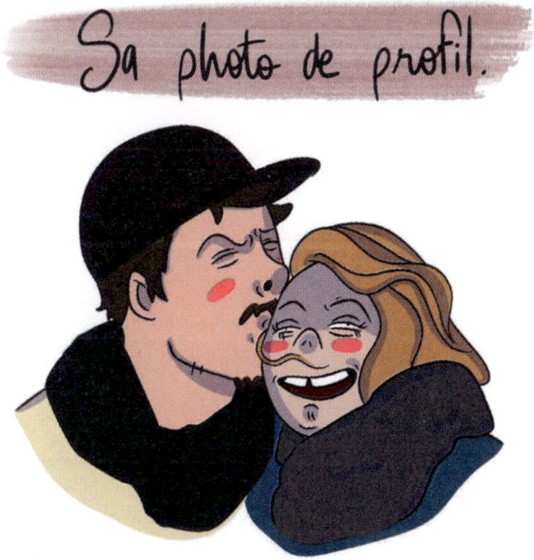
Sa photo de profil.

Rêver n'est pas tromper

Si tu savais comment je culpabilise... Cette nuit, j'ai rêvé d'un autre homme que mon mec... C'est mal, non ?...
...
...
COUPABLE
BOOOH

La proposition

Cheup... Ta cousine me demande à l'attention de qui elle adresse le faire-part de naissance ...
Tu n'as qu'à dire, à l'attention de "M. et Mme D."

Remerciements

Spéciale dédicace à Cheup et à toutes les moitiés récalcitrantes : le combat continue !

Un grand merci à tous ceux qui m'ont aidée à réaliser ce livre ! Mes abonnés Instagram pour leur partage enthousiaste et ma maison d'édition pour son soutien bienveillant. Mais aussi ma sœur pour ses corrections nocturnes et implacables, ma famille, mes potes et collègues, inépuisable source d'inspiration de mes délires graphiques !